DISCOURS
PRONONCEZ
A L'ACADÉMIE FRANÇOISE

E CINQUIE'ME MAY 1691.
à la Reception de Mr. de FONTENELLE.

AVEC PLUSIEURS PIECES de Poësie qui y ont esté luës le même jour.

A PARIS,
ez { La Veuve de JEAN BAPTISTE COIGNARD, Imprimeur & Libraire ordinaire du Roy,
ET
JEAN BAPTISTE COIGNARD Fils, Imprimeur & Libraire ordinaire du Roy, & de l'Académie Françoise, rue S. Jacques, à la Bible d'or.

MDCLXXXXI.
AVEC PRIVILE'GE DE SA MAJESTE'.

MONSIEUR DE FONTENELLE ayant esté élû par Meßieurs de l'Académie Françoise à la place de feu Monsieur de VILLAYER, *Doyen du Conseil d'Estat, y vint prendre seance le Samedy cinquiéme May* 1691. *& fit le remerciment qui suit.*

MESSIEURS.

Si je ne songeois aujourd'huy à me défendre des mouvemens flateurs de la vanité, quelle occasion n'auroit-elle pas de me séduire, & de me jetter dans la plus agreable erreur où je sois jamais tombé ! En entrant dans vôtre illustre Compagnie, je croirois entrer en partage de toute sa gloire ; je me croirois associé à l'immortelle renommée qui vous attend; & comme la vanité est également hardie dans ses idées, & ingenieuse à les autoriser, je me croirois digne du choix que vous avez fait de moy, pour ne vous pas croire capables d'un mauvais choix.

Mais, MESSIEURS, j'ose assurer que je me garantis d'une si douce illusion; je sçay trop ce qui m'a donné vos suffrages. J'ay prouvé par ma conduite que je connoissois tout ce que vaut l'honneur d'avoir place dans l'Académie Françoise, & vous m'avez compté cette connoissance pour un merite; mais le merite d'autruy vous a encore plus fortement sollicitez en ma faveur. Je tiens par le bonheur de ma naissance à un grand nom, qui dans la plus noble espece des productions de l'esprit, efface tous les autres noms, à un nom que vous respectez vous-mêmes. Quelle ample matiere m'offriroit l'illustre Mort qui l'a ennobli le premier! Je ne doute pas que le Public penetré de la verité de son Eloge, ne me dispensât de cette scrupuleuse bien-séance, qui nous défend de publier des loüanges où le sang nous donne quelque part, mais je me veux épargner la honte de ne pouvoir, avec tout le zele du sang, parler de ce grand Homme, que comme en parlent ceux que sa gloire interesse le moins.

Vous, MESSIEURS, à qui sa memoire sera toujours chere, daignez travailler pour elle en me mettant en état de ne la pas deshonorer. Empêchez que l'on ne reproche à la Nature de m'avoir uny à luy par des liens trop étroits. Vous le pouvez, MESSIEURS, j'ose croire même que vous vous y engagez aujourd'huy. Seurs que vos lumieres se communiquent, vous m'accordez l'entrée de l'Académie ; & pourriez-vous me recevoir parmy vous, si vous n'aviez formé le dessein de m'élever jusqu'à vous ? Oserois-je moy-même, si je ne comptois sur vôtre secours, succeder à un grand Magistrat, dont le genie, quelque distance qu'il y ait entre les caracteres de Conseiller d'Estat & d'Académicien, embrassoit toute cette étenduë ?

Je sens que mon cœur me sollicite de m'étendre sur ce que je vous dois, & je resiste à un mouvement si legitime, non par l'impuissance où je suis de trouver des expressions dignes du bienfait, je n'en chercherois pas, mais parce que je vous marqueray mieux ma reconnoissance, lors que j'entreray avec une ardeur égale à la vôtre dans ce qui vous interesse le plus vivement. Un grand spectacle est devant vos yeux, une grande idée vous occupe, & vous rendroit indifferens à d'autres discours ; je suspens mes sentimens particuliers, je cours au seul sujet qui vous touche.

Mons vient d'être soûmis. Tandis qu'un Prince qui tire tout son éclat d'être jaloux de la gloire de LOUIS LE GRAND, assemble avec faste des Conseils composez de Souverains, & que son ambition s'y laisse flater par des hommages qu'il ne doit qu'à la terreur que l'on a conçûë de la France, tandis qu'il propose des projets d'une Campagne plus heureuſe que les precedentes ; projets qu'a enfantez avec peine une ſombre & lente meditation ; c'eſt aux portes de ce Conſeil, c'eſt dans le fort des déliberations, que LOUIS entreprend de ſe rendre maître de la plus conſiderable de toutes les Places ennemies.

A ce coup de foudre l'Aſſemblée ſe diſſipe ; le Chef court, vole où il ſe croit neceſſaire, remuë tout, fait les derniers efforts, aſſemble enfin une aſſez grande Armée pour ne pas être témoin de la priſe de Mons ſans en rehauſſer l'éclat. La fortune du Roy avoit appellé ce ſpectateur d'au de-là des Mers. Conquête auſſi heureuſe que glorieuſe, ſi au milieu du bonheur dont elle a été accompagnée, elle ne nous avoit pas coûté des craintes mortelles. Il n'eſt pas beſoin d'en exprimer le ſujet ; ſous le regne de LOUIS nous ne pouvons craindre que quand il s'expoſe.

Dans le même temps Nice, qui dans les Etats d'un autre Ennemy décide preſque de leur ſureté, Nice eſt forcée de ſe rendre à nos armes, & la Campagne n'eſt pas encore commencée. Quelle grandeur, quelle nobleſſe dans les entrepriſes du Roy ! Rien ne peut nuire à leur gloire, que la promptitude du ſuccez, qui peut-être aux yeux de l'avenir cachera les difficultez du deſſein & fera diſparoître tous les obſtacles qui ont eſté ou prévenus ou ſurmontez. Il manque à des entrepriſes ſi vaſtes & ſi hardies la lenteur de l'execution.

Quand nous vîmes, il y a quelques années, s'élever l'orage que formoit contre nous un Esprit né pour en exciter, ambitieux sans mesure, & cependant ambitieux avec conduite, enorgueilli par des crimes heureux; quand nous vîmes entrer dans la Ligue jusqu'à des Princes, qui malgré leur foiblesse pouvoient être à redouter, parce qu'ils augmentoient un nombre déja redoutable, nous espe-râmes, il est vray, que tant d'ennemis viendroient se briser contre la puissance de LOUIS, mais ne dissimulons pas que l'idée que nous en avions, quelque élevée qu'elle fût, ne nous promettoit rien au delà d'une glorieuse resistance. Apprenons que la resistance de LOUIS, ce sont de nouvelles Conquêtes, il ne sçait point assurer ses frontieres sans les étendre, il ne défend ses Etats qu'en les aggrandissant.

Il avoit renoncé par la Paix à se rendre maître de l'Europe, & l'Europe entiere rallume une guerre qui le rétablit dans ses droits, & l'invite à reparer les pertes volontaires de sa moderation. Il tenoit sa valeur captive, ses Ennemis eux-mêmes l'ont dégagée, & l'Univers luy est ouvert.

Que ne pouvons-nous rappeller du tombeau, & rendre spectateur de tant de merveilles, le grand Ministre à qui l'Académie Françoise doit sa naissance! Luy qui sous les ordres du plus juste des Rois, a commencé l'élevation de la France, avec quel étonnement verroit-il ses propres desseins poussez si loin au de là de son idée & de son attente! Luy qui nous fut donné pour préparer le chemin à

LOUIS LE GRAND, auroit-il crû ouvrir une ſi belle & ſi éclatante Carriere ?

Surpris de tant de gloire, il pardonneroit à cette Compagnie, ſi elle ne remplit pas ſous ce Regne le devoir qu'il luy avoit imposé de celebrer dignement les Heros que la France produiroit. Il verroit avec un plaiſir égal, & nôtre zele, & nôtre impuiſſance. Ceux qui voudroient entreprendre l'éloge de LOUIS, ſont accablez ſous ce même poids de grandeur, de valeur, & de ſageſſe, qui accable aujourd'huy tous les Ennemis de cet Etat. Une ſincere ſoûmiſſion eſt le ſeul parti qui reſte à l'Envie, & une admiration muette eſt le ſeul qui reſte à l'Eloquence.

APRES QUE Mr. DE FONTENELLE *eut achevé son Discours, Mr.* DE CORNEILLE, *Chancelier de la Compagnie, répondit en ces termes.*

MONSIEUR,

Nous sommes traitez vous & moy bien differemment dans le même jour. L'Académie a besoin d'un digne sujet pour remplir le nombre qui luy est prescrit par ses statuts. Pleine de discernement, n'ayant en veuë que le seul merite, & dans l'entiere liberté de ses suffrages, elle vous choisit pour vous donner, non seulement une place dans son Corps, mais celle d'un Magistrat éclairé qui dans une noble concurrence ayant eu l'honneur d'estre declaré Doyen du

Conſeil d'Eſtat par le jugement même de Sa Majeſté, faiſoit ſon plus grand plaiſir de ſe dérober à ſes importantes fonctions, pour nous venir quelquefois faire part de ſes lumieres; que pouvoit-il arriver de plus glorieux pour vous? Dans le meſme temps, cette même Académie change d'Officiers ſelon ſa coûtume. Le Sort qui decide de leur choix, n'auroit pû qu'être applaudy s'il l'eût fait tomber ſur tout autre que ſur moy, & quoy qu'incapable de ſoûtenir le poids qu'il impoſe, c'eſt moy qui le dois porter. Il eſt vray qu'il a fait voir ſa juſtice par l'illuſtre Directeur qu'il nous a donné. La joye que chacun de nous en fit paroître, luy marqua aſſez que le hazard n'avoit fait que s'accommoder à nos ſouhaits, & je n'en ſçaurois douter; vous ne le pûtes apprendre ſans vous ſentir auſſi-toſt flaté de ce qui auroit ſaiſi le cœur le plus détaché de l'amour propre. La qualité de Chef de la Compagnie, l'engageant dans la place qu'il occupe, à vous répondre pour elle, il vous auroit été doux qu'un homme dont l'éloquence s'eſt fait admirer en tant d'actions publiques, vous eût fait connoître ſur quels ſentimens d'eſtime pour vous l'Académie s'eſt déterminée à ſe déclarer en vôtre faveur. Son peu de ſanté l'ayant obligé à s'en repoſer ſur moy, vous prive de cette gloire, & quand le deſir de répondre dignement à l'honneur que j'ay de porter icy la parole à ſon defaut, pourroit m'animer aſſez pour me donner la force d'eſprit qui me ſeroit neceſſaire dans un ſi glorieux poſte, ce que je vous ſuis me fermant la bouche ſur toutes les choſes qui ſeroient trop à vôtre avantage, vous ne devez attendre de moy qu'un épanchement de cœur qui vous faſſe voir la part que je prens au bonheur qui vous arrive ; des ſentimens, & non des loüanges.

M'abandonneray-je à ce qu'ils m'inſpirent ? La proximité du ſang, la tendre amitié que j'ay pour vous, la ſuperiorité que me donne l'âge, tout ſemble me le permettre, & vous le devez ſouffrir ; j'iray juſques à vous donner des conſeils. Au lieu de vous dire que celuy qui a ſi bien fait parler les Morts, n'étoit pas indigne d'entrer en commerce avec d'illuſtres Vivans ; au lieu de vous applaudir ſur cet agreable arrangement de differens Mondes dont vous nous avez offert le ſpectacle, ſur cet art ſi difficile, & qu'il me paroît que le Public trouve en vous ſi naturel, de donner de l'agrément aux matieres les plus ſeches, je vous diray, que quelque gloire que vous ayent acquiſe dés vos plus jeunes années les talens qui vous diſtinguent, vous devez les regarder, non pas comme des dons aſſez forts de la nature pour vous faire atteindre, ſans autre ſecours que de vous-même, à la perfection du merite que je vous ſouhaite, mais comme d'heureuſes diſpoſitions qui vous y peuvent conduire. Cherchez avec ſoin pour y parvenir les lumieres qui vous manquent. Le choix qu'on a fait de vous, vous met en état de les puiſer dans leur ſource.

En effet, rien ne vous les peut fournir ſi abondamment, que les Conferences d'une Compagnie, où si vous m'en exceptez, vous ne trouverez que de ces Genies sublimes à qui l'immortalité est deuë. Tout ce qu'on peut acquerir de connoissances utiles par les belles Lettres, l'Eloquence, la Poësie, l'Art de bien traiter l'Histoire, ils le possedent dans le degré le plus éminent, & quand un peu de pratique vous aura facilité les moyens de connoistre à fond tout le merite de ces celebres Modernes, peut-estre serez-vous autorisé, je ne dis pas à les preferer, mais à ne les pas trouver indignes d'estre comparez aux Anciens.

Ce n'est pas, que quelque juste que cette loüange puisse estre pour eux, ils ne la regardent comme une loüange qui ne leur sçauroit appartenir. Ils ne l'écoutent qu'avec repugnance, & la veneration que l'on doit à ceux qui nous ont tracé la voye dans le chemin de l'esprit, s'il m'est permis de me servir de ces termes, prévaut en eux contre eux-mêmes en faveur de ces grands Hommes, dont les excellens Ouvrages, toûjours admirez de toutes les Nations, ont passé jusques à nous malgré un nombre infini d'années, comme des Originaux qu'on ne peut trop estimer. Mais pourquoy nous sera-t'il défendu de croire que dans les Arts & dans les Sciences, les Modernes puissent aller aussi loin, & même plus loin que les Anciens, puis qu'il est certain, en matiere de Heros, que toute l'Antiquité, cette Antiquité si venerable, n'a rien que l'on puisse comparer à celuy de nostre siecle ?

Quel amas de gloire se presente à vous, Messieurs,

à la ſimple idée que je vous en donne ! N'entrons point dans cette foule d'actions brillantes dont l'éclat trop vif ne peut que nous éblouïr. N'examinons point tous ces ſurprenans prodiges, dont chaque année de ſon Regne ſe trouve marquée. Les Ceſars, les Alexandres ont beſoin que l'on rappelle tout ce qu'ils ont fait pendant leur vie, pour paroître dignes de leur reputation, mais il n'en eſt pas de meſme de LOUIS LE GRAND. Quand nous pourrions oublier cette longue ſuite d'évenemens merveilleux qui ſont l'effet d'une intelligence incomprehenſible, l'Hereſie détruite, la protection qu'il donne ſeul aux Rois opprimez, trois Batailles gagnées encore depuis peu dans une même Campagne, il nous ſuffiroit de regarder ce qu'il vient de faire pour demeurer convaincus, qu'il eſt le plus grand de tous les hommes.

Seur des Conquêtes qu'il voudra tenter, il donne la paix à toute l'Europe. L'Envie en fremit; la Jalouſie qui ſaiſit des Puiſſances redoutables, ne peut ſouffrir le triomphe que luy aſſeure une ſi haute vertu. Sa grandeur les bleſſe, il faut l'affoiblir. Un nombre infini de Princes, qui ne poſſedent encore leurs Etats que parce qu'il a dédaigné de les attaquer, oſent oublier ce qu'ils luy doivent pour entrer dans une Ligue, où ils s'imaginent que leurs forces jointes ſeront en état d'ébranler une Puiſſance qui a juſques-là reſiſté à tout. Que les Ennemis de la Chreſtienté ſe reſaiſiſſent de tout un Royaume qu'ils n'ont perdu que par cette Paix qui a donné lieu aux avantages qu'on a remportez sur eux ; n'importe, il n'y a rien qui ne soit à préferer au chagrin insupportable de voir ce Monarque joüir de sa gloire. Les Alliez se resolvent à prendre les armes, & des Princes Catholiques, l'Espagne même que sa severe Inquisition rend si renommée sur son exactitude à punir les moindres fautes qui puissent blesser la Religion, ne font point difficulté de renouveller la Guerre, pour appuyer les desseins d'un Prince, à qui toutes les Religions paroissent indifferentes pourveu qu'il nuise à la veritable, d'un Prince, qui pour se placer au trône ose violer les plus saintes Loix de la nature, & qui ne s'est rendu redoutable, que par ce qu'il a trouvé autant d'aveuglement dans ceux qui l'élevent, qu'il a d'injustice dans tous les projets qu'il forme.

Voyons les fruits de cette union ; des pertes continuelles, & tous les jours des malheurs à craindre plus grands que ceux qu'ils ont déja éprouvez. Il faut pourtant faire un dernier effort pour arrêter les gemissemens des Peuples à qui de dures exactions font ouvrir les yeux sur leur esclavage. On marque le temps & le lieu d'une Assemblée. Des Souverains, que la grandeur de leur caractere devroit retenir, y viennent de toutes parts rendre de honteux hommages à ce temeraire Ambitieux, que le crime a couronné, & qui n'est au dessus d'eux qu'autant qu'ils ont bien voulu l'y mettre. Il les entretient d'esperances chimeriques. Leur formidable puissance ne trouvera rien qui luy puisse resister. S'ils l'en osent croire, le Roy qui veut demeurer tranquille ne se fait plus un plaiſir d'aller animer ſes Armées par ſa preſence, & dés que le temps ſera venu d'entrer en Campagne, ils ſont aſſeurez de nous accabler.

Il eſt vray que le Roy garde beaucoup de tranquillité, mais qu'ils ne s'y trompent pas. Son repos eſt agiſſant, ſon calme l'emporte ſur toute l'inquietude de leur vigilance, & la regle des ſaiſons n'eſt point une regle pour ce qu'il luy plaiſt de faire. Nos Ennemis conſument le temps à examiner ce qu'ils doivent entreprendre, & LOUIS eſt preſt d'executer. Il n'a point fait de menaces, mais ſes ordres ſont donnez; il part, Mons eſt inveſty, ſes plus forts remparts ne peuvent tenir en ſa preſence, & en peu de jours ſa priſe nous délivre des alarmes où il nous jettoit en s'expoſant.

Que de glorieuſes circonſtances relevent cette Conqueſte! C'eſt peu qu'elle ſoit rapide. C'eſt peu qu'elle ne nous coûte aucune perte qu'on puiſſe trouver conſiderable; elle ſe fait aux yeux mêmes de ce Chef de tant de Ligues qui avoit juré la ruine de la France. Il devoit venir nous attaquer; on va au devant de luy, & il ne ſçauroit défendre la plus importante Place qu'on pouvoit oſter à ſes Alliez. S'il oſe approcher, c'eſt ſeulement pour voir de plus prés l'heureux triomphe de ſon Auguſte Ennemy.

Nos avantages ne ſont pas moins grands du côté de l'Italie. Une des Places qui vient d'y eſtre conquiſe, avoit bravé, il y a cent cinquante ans, les efforts de deux Armées, & dés la premiere attaque de nos Troupes, elle eſt forcée de capituler. Gloire par tout pour le Roy. Confusion par tout pour ses Ennemis. Ils se retirent tout couverts de honte, le Roy revient couronné par la Victoire, & la Campagne s'ouvrira dans sa saison. Quelles merveilles n'avons nous pas lieu de croire qu'elle produira, quand nous voyons celles qui l'ont precedée!

Voila, MESSIEURS, une brillante matiere pour employer vos rares talens. Vous avez une matiere bien avantageuse de les faire voir dans toute leur force, si pourtant il vous est possible de trouver des expressions qui répondent à la grandeur du sujet. Quelques soins que nous prenions à chercher l'usage de tous les mots de la langue, nous ne sçaurions nous cacher que les actions du Roy sont au dessus de toutes sortes de termes. Nous croyons les grandes choses qu'il a faites, parce que nos yeux en ont esté les témoins, mais sur le rapport que nous en ferons, quoy qu'imparfait, quoy que foible, quoy qu'infiniment au dessous de ce que nous voudrons dire, la Posterité ne les croira pas.

Vous nous aiderez de vos lumieres, vous, MONSIEUR, que l'Académie reçoit en societé pour le travail qu'elle a entrepris. Elle pense avec plaisir que vous luy serez utile; je luy ay répondu de vostre zele, & j'espere que vos soins à dégager ma parole luy feront connoistre qu'elle ne s'est point trompée dans son choix.

COMPLIMENT
FAIT AU NOM DE L'ACADÉMIE FRANÇOISE POUR ESTRE PRONONCÉ DEVANT LE ROY à son retour de la Conqueste de Mons.

Par Monsieur CHARPENTIER *Doyen de l'Académie.*

A Conqueste de Mons a esté une action si glorieuse au Roy, & si avantageuse à l'Etat, que toutes les Compagnies Superieures s'estoient préparées à complimenter SA MAJESTÉ *à son heu-*

reux retour. L'Académie Françoise qui en de semblables occasions à l'honneur de salüer le Roy avec les autres Compagnies, s'attendoit aussi à luy rendre ses tres-humbles respects, & M Charpentier Doyen de l'Académie s'estoit trouvé chargé de la parole. Mais le Roy n'ayant point voulu recevoir de compliments, SA MAJESTE' *n'a veu ce discours qu'en Manuscrit. Cependant l'Académie ayant souhaité de l'entendre, Mr Charpentier le prononça dans l'Assemblée extraordinairement convoquée le 5. May, pour la reception de Mr de Fontenelle, en la place vacante par le deceds de M de Villayer Doyen du Conseil d'Etat.*

IRE,

VOSTRE MAJESTE' revient Victorieuſe d'une entrepriſe, qui jette la conſternation parmi vos Ennemis; Qui comble de joye vos fideles ſujets; Que les Nations éloignées n'apprendront qu'avec eſtonnement, & que la Poſterité trouvera preſque incroyable. Vous partez, SIRE, devant le temps où l'Ecriture Sainte dit, Que les Rois ont accoûtumé d'aller à la Guerre. Vous mettez vos Armées en Campagne dans la ſaiſon la plus aride de toute l'année; Mais voſtre Prévoyance fait naiſtre la fertilité dans les Deſerts, & vos Soldats trouvent de quoy ſubſiſter abondamment ſur les terres des Ennemis, où ils ont peine à ſubſiſter eux-meſmes. Tant de Princes conjurez contre VOSTRE MAJESTE', ne ſe

Tempore quo ſolent reges ad bella procedere. *Reg.* 2. 11. Id eſt. In vere quando pulſa frigoris aſperitate pabula reperiuntur jumentorum.

ſont aſſemblez que pour ſuivre le Char de voſtre Triomphe. La Multitude, le Faſte, la Dignité de ces Teſtes Couronnées, n'ont ſervi qu'à rendre voſtre Conqueſte plus éclatante. Tandis qu'ils tiennent des Conſeils où la Jalouſie a plus de part que la Prudence. VOSTRE MAJESTÉ attaque à leur veuë la plus importante de leurs places, & la ſoumet en moins de temps, que d'autres n'en auroient conſumé aux préparatifs du Siege. Par là vous rompez toutes les meſures qu'ils avoient priſes, & vous les mettez hors d'eſtat d'en prendre de nouvelles. Dans ce deſordre univerſel de leurs affaires, ils propoſent des remedes dont ils apprehendent l'uſage, & celuy qui preſide à leurs deliberations, n'a oſé s'approcher du Foudre vangeur dont il redoute la Juſtice. Ce n'eſt point, SIRE, dans l'Hiſtoire qu'il faut chercher un evenement pareil à celuy-cy. En quel ſiecle, en quelle partie du Monde trouvera-t'on un Roy, qui ait ſouſtenu luy ſeul l'effort de tous les autres Potentats, & qui les ait vaincus, non point separement, mais tous ensemble, & dans leur propre païs ? Je m'imagine voir le Jupiter d'Homere contre qui tous les Dieux se sont unis pour troubler la tranquillité de son Empire. Aprés leur avoir reproché la vanité de leur dessein, il leur fait voir par experience que sa force est inébranlable, & tandis qu'ils tirent contre luy pour donner quelque secousse à l'immobilité de son Trône, il les enleve tous avec le Globe de la Terre & de la Mer; Tant il est vray que la supréme Vertu n'a rien à redouter du Nombre ! Vostre Moderation, SIRE, ne s'offensera point, si je le compare à celuy que toute l'Antiquité a reconnu pour le souverain des Dieux, & si je compare aux autres Divinitez tant de puissances unies contre la Vostre. Le langage du vray Dieu que nous adorons, & devant qui VOSTRE MAJESTÉ se prosterne tous les jours, ne refuse point ce titre aux Rois qu'il a établis sur la terre : *Je l'ay dit, vous estes des Dieux & les enfans du tres-Haut*, c'est ainsi que s'ex-

Iliad. 8.

Ego dixi Dii estis & filii excelsi omnes. *Psal.* 81.

plique l'Oracle Eternel, & c'eſt ce qui m'a donné la liberté d'appliquer cette Image myſterieuſe du Ciel fabuleux, à la verité des merveilles que nous voyons. Avec vos ſeules forces, SIRE, vous diſſipez cette fameuſe Ligue qui a moins eu pour objet d'arreſter le progrés des armes de VOSTRE MAJESTE', que de s'oppoſer à l'avancement de la Religion Catholique. La fumée du puits de l'Abiſme s'eſt élevée dans l'air & la obſcurci, Elle a caché le Soleil à une partie des hommes, & ce qu'il y a de plus ſurprenant, c'eſt que les deux branches de la Maiſon d'Autriche, cette Maiſon qui a tiré tant d'avantages du titre de Catholique, ſe ſont laiſſées aveugler à ces Tenebres fatales, & n'ont point eu de repugnance à s'engager dans un parti où l'on ſuit des maximes ſi oppoſées à celles qui ont fait l'établiſſement de leur grandeur & de leur gloire. On a mieux aimé introduire les Ennemis de la Foy dans des villes Catholiques, que de reſtituer à VOSTRE MAJESTE', le Patrimoine

Aſcendit fumus putei abyſſi ſicut fumus fornacis magnæ, & obſcuratus eſt ſol & aer de fumo putei. *Apocal.* 9.

de ſes enfans. Mais enfin, Dieu a prononcé ſur ce grand Differend; Il s'eſt expliqué par vos Victoires, & tant d'avantages remportez en divers endroits, ont eſté la recompenſe de voſtre Pieté, & de voſtre Juſtice. De voſtre Pieté, SIRE, pour avoir relevé tant d'Autels, rebaſti tant d'Egliſes, & renverſé juſqu'aux plus creux fondemens, les Temples d'un Culte Etranger. De voſtre Juſtice pour avoir tendu les bras à un Roy trahi & perſecuté par ſes ſujets, & par ſes propres Enfans, & avoir eſté le ſeul Monarque de toute la Chreſtienté, qui n'avez pû ſouffrir qu'il fuſt dépoüillé de ſes Royaumes, parce qu'il a trop de ferveur pour la pureté de l'ancienne Religion de ſes Peres, & trop d'averſion pour l'impieté des Sectes nouvelles. Il n'en faut pas douter, SIRE, Dieu couronnera l'ouvrage de ſa Providence. Il ne laiſſera point imparfaits les deſſeins qu'il vous a inſpirez pour ſa Gloire & pour le bonheur de tout le Genre humain. Vous le venez d'éprouver. Il a marché à la teſte de vos armées

Ego ante te ibo & gloriosos terræ humiliabo, portas æreas conteram & vectes ferreos confringam. *Isaye.* 45.

Il a fait fuir les Rois en vostre presence; Il a humilié devant vous les Superbes de la Terre; Il a brisé les portes d'airain & les verroux d'acier, & a accompli de nouveau en vostre Personne sacrée, ces grandes & magnifiques promesses qu'il fit autrefois par son Prophete, à un Roy qu'il avoit choisi pour finir l'oppression de son peuple, & l'affranchir du joug d'un Usurpateur. L'Académie Françoise, SIRE, qui s'occupe toute entiere de la grandeur de vos actions Heroïques, voit bien qu'elle n'a pas assez de Palmes ny de Lauriers pour offrir à V. M. qu'elle n'a pas assez de voix pour chanter vos loüanges; Mais si l'impuissance d'égaler la noblesse de son sujet, la retient en deça de la perfection, elle ose du moins se promettre que personne ne pourra égaler ses efforts, ny aller au delà de son zele pour celebrer la gloire de vostre Nom, & pour consacrer à L'IMMORTALITÉ les miraculeux evenements de vostre Regne.

MONSIEUR L'ABBÉ DE LAVAU prononça le Discours suivant avant que de lire les Ouvrages de Meßieurs BOYER & PERRAULT, & l'Epître de Madame DES HOULIERES, dont il étoit chargé.

POur contribuer à la solemnité de cette Journée, je voudrois bien, je l'avouë, faire quelqu'autre chose que de lire les ouvrages des autres. Il est vray qu'il n'est pas aisé de parler, comme il conviendroit, de ce qui fait aujourd'huy l'étonnement de toute l'Europe, ce qui est cependant le sujet ordinaire de nos entretiens. Les productions de tant de rares Genies qui ont paru jusques icy, loin d'en frayer le chemin le font paroistre plus difficile, & il le paroist encore davantage quand on a entendu ces Messieurs, & Monsieur DE FONTENELLE, déja parfaitement instruit du principal devoir d'un Académicien. Il vient de parler de nôtre auguste Protecteur d'une maniere qui donne de grandes idées de ce qu'il sçaura faire à l'avenir, on s'apperçoit même aisément qu'il n'y aura pas un mediocre plaisir, Digne neveu des Corneilles! ses Ouvrages aussi ne seront pas d'un mediocre goust pour la posterité. On y verra cet agréement qu'on trouve dans sa conversation, & dans ce qu'il écrit, quelque épineuse & sterile qu'en soit la matiere; de sorte qu'on pourra justement dire de luy, ce que rapporte Ciceron, que disoit Crassus d'un des plus

Monsieur DE CORNEILLE, & Monsieur CHARPENTIER.

Ce n'étoit pas le Grãd Cesar, mais Cesar frere de Catulus le pere.

heureux Genies de son temps, de Cesar *, qu'il sçavoit donner aux choses les plus tragiques tout l'agréement que le genre comique peut fournir, répandre de la douceur sur les sujets les plus tristes, & mettre de l'enjoüement dans les choses les plus relevées, sans leur rien faire perdre de leur poids, & de leur force &c. Monsieur DE FONTENELLE a aussi de grands exemples dans sa famille, & il vient de nous renouveller la memoire du fameux Corneille son oncle, un des principaux ornemens du siecle, & de cette Compagnie, generalement estimé & honoré chez les Nations où l'on trouve des gens qui connoissent les Lettres. Qu'il nous manque aujourd'huy cet excellent Homme ? & qu'il auroit bien sçeu faire passer à la posterité nôtre Monarque incomparable, sinon tel qu'il est, au moins tel qu'il est possible aux hommes de le concevoir ! Nous en avons de seürs garants dans les Heros des siecles passez qu'il a fait revivre d'une maniere si glorieuse pour l'antiquité, & qu'il semble n'avoir ramenez jusqu'à nous avec tout leur éclat, que pour faire paroître encore davantage la gloire de son Souverain.

J'aurois à parler icy de la prise de Mons, de celle de Villefranche, de celle de Nice, toutes si considerables par leur importance, & par les conjonctures, mais connoissant par experience combien il est difficile d'en parler convenablement, je croy qu'il est à propos de se retrancher à ce que j'oüis dire ces jours passez à un des plus grands Prelats du monde. Nos voix en doivent être étouffées, disoit il, elles sont trop foibles, laissons agir nos cœurs &

nôtre joye, & levons les mains au Ciel pour le remercier de tant de prodiges.

L'éloquence de ce Prélat, ſon profond ſçavoir qui a ſouvent ſurpris & confondu ſes envieux, & ſon zele pour ſon Prince, ne ſont pas des ſecrets pour ceux qui m'écoutent, les limites du Royaume ne renferment point ſa reputation, elle eſt ſans bornes, & l'on ne le ſçauroit connoître ſans ſoûtenir que c'eſt avec raiſon qu'il occupe le premier rang dans l'Egliſe de France, c'eſt-à-dire le ſecond de l'Egliſe univerſelle : ſeroit-il même poſſible d'en douter ? c'eſt LOUIS LE GRAND qui l'y a placé. Combien de témoignages, d'eſtime & de preference ne luy a point donné ce Prince, dont les qualitez inimitables font aſſez voir le ſoin que le Ciel prend de la France, & dont la conduite perſuade ſuffiſamment qu'il ne ſe peut tromper dans ſes choix ! Que n'a t'il pas penſé de cet illuſtre Archeveſque, quand il l'a deſtiné à l'honneur de la pourpre, pour le mettre dans la route qui mene à la premiere place du monde ; & cela ſans en avoir eſté ſollicité, ſans aucune raiſon d'Eſtat que celle de faire le meilleur choix, & ſans y avoir eſté porté par aucune autre conſideration que celle du merite & de la vertu ! Or puiſqu'un ſi grand Homme qui a ſçeu ſi ſouvent & ſi excellemment parler de ſon maiſtre, & des évenements de ſon regne, fait entendre qu'en cette derniere occaſion, il eſt bon de prendre le parti du ſilence, & de s'abandonner à la joye, ſouvent plus éloquente que les paroles, c'eſt à moy plus qu'à un autre de ſuivre un tel Conſeil.

Il faut attendre que le Ciel, à qui l'on ne peut douter que LOUIS ne ſoit precieux, donne de ces Hommes admirables, dont il ſe plaiſt quelque fois à enrichir les ſiecles, qui ſçachent peindre cet évenement extraordinaire auſſi grand qu'il l'eſt, & recueillir tout ce que fait, & ce que dit ce Roy invincible pour l'apprendre à nos neveux d'une maniere qui les perſuade; ouvrage difficile, & qui n'apartient pas à des hommes ordinaires. Car enfin nous voyons depuis pluſieurs années des prodiges ſucceder continuellement les uns aux autres, & tous les jours nous ſommes ſurpris, nous ne les croyons qu'avec peine, quoyque nous en ſoyons convaincus. Que feront ceux qui verront tout d'un coup tant de merveilles dans toute leur étenduë ſans y avoir été preparez par des evenemens pareils? L'antiquité ne les aura prevenus par aucun exemple, qui ait pû diſpoſer à croire ce que la valeur, la juſtice, la ſageſſe, la moderation, la magnificence, la bonté, la clemence, la gloire enfin, & plus que tout cela la religion font executer chaque jour à LOUIS le plus grand des Roys.

Je le dis encore le Ciel eſt trop intereſſé à ſa gloire & à celle de la France; il feroit plûtôt un nouveau miracle pour donner des hommes propres à un ſi grand Ouvrage & ſans doute ce miracle eſt déja fait. Mais j'abuſe de vôtre patience, MESSIEURS. Il faut revenir à la fonction qui m'eſt impoſée, & tâcher par la lecture des belles choſes qu'on me vient de mettre entre les mains, à reparer le temps que je vous ay fait perdre à m'écouter.

AU ROY SUR LA PRISE DE MONS.

Vous revenez Vainqueur, & dans cet heureux jour
On vous voit tout brillant d'une nouvelle gloire :
Mais, GRAND ROY, le pourrez-vous croire?
On a fait pour vôtre retour
Des souhaits plus ardents que pour vôtre victoire.
Même quand nous voyons vos jours en seureté,
Nous ne sçaurions encore oublier nos allarmes :
Le triomphe le plus vanté
Peut à peine payer les larmes
Que vos perils nous ont coûté.

Il est beau de vous voir en teste d'une Armée
Suivy de Bellonne & de Mars,
Precedé de la Renommée,
De l'Europe attentive arrester les regards.
Il est beau de vous voir affronter les hazards,
Etaler devant Mons le grand Art de la guerre,
Et par vôtre presence ébranler ses remparts
Plus que n'a fait vôtre tonnerre :
Mais le prix que vous attendez
Fust-ce l'Empire de la Terre,
Vaut-il ce que vous hazardez?

C'est en Vous seul qu'on voit cet amas incroyable
Et de puissance & de grandeur;
Cette prudence impenetrable
Dont l'Ennemy ne peut percer la profondeur;
Des grandes actions sagement concertées
L'étonnante rapidité;
De fortes places emportées.
Par tout Gloire, Bonheur, Vaillance, Activité.

Que ces Vertus font naître & d'amour & d'envie!
Plus vous nous devenez aimable & pretieux,
Plus des Roys sont jaloux d'une si belle vie.
Vous étes trop grand à leurs yeux;
Que ce défaut est glorieux!
L'Ennemy qui tient ce langage
Met vòtre nom plus haut & dans un plus grand jour,
Et loin qu'à vôtre gloire il fasse quelque outrage
Sa haine parle mieux pour vous que nôtre amour.

Que d'injustes projets, que de vaines pensées,
Que de complots, que d'attentats
Preparez contre vos Etats!
Que de droits violés, que de loix renversées!

Un Monarque est proscrit; son Fils infortuné
Fuit sur l'Onde infidelle une main parricide;
L'Usurpateur est couronné
Par le lâche soldat & le sujet perfide.

Du superbe Ottoman on voit l'heureux vainqueur
Moins satisfait de sa victoire
Qu'il n'est fasché de vôtre gloire,
Tant contre vous l'Envie empoisonne son cœur.

Son dernier coup alloit tomber ſur l'Infidelle,
Et par de vaſtes mers le ſeparer de nous;
Mais un orgueil foible & jaloux
Luy fait ſacrifier une gloire ſi belle
Au chimerique eſpoir de triompher de vous.

Cette ardeur va ſi loin, qu'on voit le fier Batave
Accepter ſans rougir cent maîtres differents;
D'un Prince ſon ſujet, il s'eſt rendu l'eſclave;
Et tous ſes alliés deviennent ſes tyrans.

Un jeune Prince, ambitieux, credule
Se forme ſur le plan d'un projet ridicule
Le fol eſpoir de conquerir;
Et connoît, mais trop tard que pour prix de ſon crime
Il eſt la proye & la victime
Du barbare etranger qui doit le ſecourir.

Ah? que de tant de Chefs & de tant de Monarques
Les vains efforts, l'aveugle emportement
Vont de vôtre grandeur laiſſer d'illuſtres marques!
Quand la Nymphe à cent voix publiera hautement
Que vôtre gloire a fait tout ce grand mouvement,
Quel plus beau trait pour orner vôtre hiſtoire?
Quels eloges, quels noms peuvent plus ſeurement
Eterniſer vôtre memoire?

Triomphez & vivez, & qu'un noble repos
Suive cette grande victoire.
Vous avez ſçeu vaincre en Heros;
Vivez, regnez en Roy, tout cede à cette gloire.

Quand Mons eſt pris aux yeux de tant de Potentats

D'un si grand coup Spectateurs immobiles,
S'ils soûtiennent si mal & sieges & combats,
Des exploits pour vous si faciles
Doivent occuper d'autres bras.
Aprés une disgrace & si pleine & si prompte
Laissez vôtre Ennemy sans force & sans espoir
Se consumer luy-mesme & devorer la honte
Du plus sanglant affront qu'il pouvoit recevoir.

Déja la Ligue se divise:
De tant de Souverains sous Nassau rassemblez
Les efforts impuissants & les soins redoublez
Veulent en vain serrer la chaîne qui se brise:
Bien plus, ce corps qu'anime un reste de chaleur,
Doit avouër, pressé par son malheur,
Que vous étes vous seul toute son esperance,
Et qu'il doit pour vos jours s'allarmer comme nous.
Que deviendroient tant de peuples sans vous?
Le Ciel veut-il par une autre puissance
Calmer & regler l'Univers,
Finir les troubles de la guerre,
Reunir tant de cœurs, tant d'interêts divers,
Et rendre la paix à la terre?

BOYER de l'Académie Françoise.

A MONSIEUR
LE PRESIDENT ROSE.

EPITRE.

SCavez-vous qu'à Paris on ne trouve pas bon
Qu'un Heros ſans égal dans la Paix, dans la Guerre,
Un ROY qui fait trembler au ſeul bruit de ſon Nom
Tous les autres Rois de la Terre,
Aille dans la Tranchée eſſuyer le Canon?

Pourquoy faut-il (c'eſt ainſi que l'on gloſe)
Que comme un ſimple Cavalier
A tout peril à toute heure il s'expoſe?
C'eſt trop faire & trop s'oublier.

Que ce Grand Prince conſidere
Que tout brave homme en pourroit faire autant,
Mais que quand ſous ſa Tente il penſe, il délibere,
Il diſpoſe, il ordonne, & qu'en un meſme inſtant
En mille endroits divers ſa vigilance opere,
Il fait alors dans ce haut Miniſtere
Ce qu'un autre que Luy ne ſçauroit ſi bien faire,
Et ce qui dans toute œuvre eſt le plus important.

Qu'il ſonge encor, ce trop Vaillant Monarque,
Qu'à ſon deſtin nos deſtins ſont mêlez;
Que du meſme or, par les mains de la Parque

Nos jours & les siens sont filez.
Qu'il est nostre Roy, nôtre Pere,
Qu'il est nostre Ange tutelaire,
Nostre honneur, nostre amour, nostre bien le plus doux,
Et que quand il s'expose il nous expose tous.

Il est à nous ce Prince encor plus qu'à Luy-mesme,
Le Ciel nous Le donna pour estre nôtre appuy,
Et lorsqu'en se livrant à sa valeur extreme,
Il ose disposer de Luy,
Il dispose du bien d'autruy.

On sçait que sa presence, & son air Heroïque,
Aux moins hardis donnent du cœur;
Mais du Soldat François la boüillante valeur
N'a gueres besoin qu'on la pique,
Et bien loin d'en manquer n'a que trop de chaleur.
On est seur que la recompense,
Quand un homme a fait son devoir,
Pourvû qu'un autre l'ait pû voir,
Va le trouver chez luy lorsque moins il y pense;
Que les plus beaux emplois se donnent tour à tour
A ceux qui de leur bras ont bien servi la France,
Non à des gens oisifs qui sans experience,
Sans service & sans suffisance,
Consument tout leur temps à mal faire leur cour.

Mais tous les Potentats, que leur gloire outragée,
Jointe à mille dépits jaloux,
A dans la Haye assemblez contre nous,
Viennent nous affronter en bataille rangée.

L'exploit est assez éclatant,
Pour devoir enfin se resoudre
A voir encor LOUIS *devenir combattant;*
Et lancer Luy-mesme sa Foudre;
Non, c'en est trop pour eux, ils en seroient trop vains;
Qu'Il remette sa Foudre aux redoutables mains
De ce Genereux Fils dont l'ardeur vive & prompte
Sçait si bien comment on surmonte
Les fiers & valeureux Germains,
En peu de temps, il en rendra bon compte.

Voila comme on s'explique icy,
La maniere, entre nous, en est un peu hardie;
Mais quand d'un si grand Prince on s'entretient ainsi
C'est que l'on l'aime, & que l'on s'aime aussi.

PERRAULT de l'Académie Françoise.

ACTION
DE GRACES
POUR LE ROY,
SUR LA CONTINUATION
DE L'HEUREUX SUCCEZ
DE SES ARMES.

ODE.

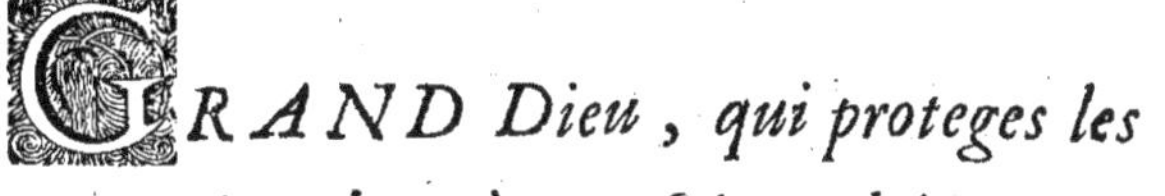

GRAND Dieu, qui proteges les Rois
Attachez à tes saintes loix,
Et qui ne suivent que ta voye :
LOUIS *comblé d'honneurs & de prosperitez,*
T'en rend le juste hommage, & confesse avec joye
Qu'il ne doit son bonheur qu'à tes seules bontez.

Cet invincible Conquerant
De ce qu'il a fait de plus grand
Met à tes pieds toute la gloire :
Il connoit combien foible eſt le pouvoir humain,
Qu'à la moindre conqueſte, à la moindre victoire,
Sans ton divin ſecours il pretendroit en vain.

On voit, Seigneur, que tu te plais
A prevenir tous ſes ſouhaits,
Ta grace en tous lieux l'environne :
Tout ce qu'il entreprend ſert à le ſignaler,
Et ta puiſſante main affermit ſa Couronne
Plus ſes fiers Ennemis tâchent de l'eſbranler.

L'eſclat dont tu l'as reveſtu
Pour recompenſer ſa Vertu
Se répand par toute la Terre :
Vn ſi noble deſtin luy fait mille jaloux,
Leur pouvoir s'eſt uni pour luy livrer la guerre,
Et cependant, Seigneur, ſeul il reſiſte à tous.

Il s'est fait par ses grands travaux
A la honte de ses Rivaux
Vn Nom d'éternelle durée ;
Et tout ce qu'il medite, & qu'on luy voit finir
Malgré toute l'Europe ensemble conjurée ;
A peine sera crû des siecles à venir.

Comme il n'a que toy pour objet
Il ne forme point de projet
A qui le succez ne réponde :
Il arrive toûjours plus beau qu'on ne l'attend ,
Et puisque c'est sur Toy que son espoir se fonde ,
Vn Sort si glorieux ne peut qu'estre constant.

De ces temeraires Mortels
Qui font la guerre à tes Autels ,
Destruis la sacrilege Armée :
Rends par leur chastiment le calme à l'Vnivers ;
Que ton feu les devore, & reduise en fumée
Le superbe appareil de leurs desseins pervers.

Ah ! que ne peuvent-ils changer
Pour se soustraire à ce danger.
Que ce retour auroit de charmes !
LOUIS *ne veut, Seigneur, ny leur sang, ny leurs biens,*
Et Ceux qui l'ont forcé de reprendre les Armes
Ne sont ses Ennemis qu'autant qu'ils sont les tiens.

Dieu vangeur, sois toujours l'appuy
D'un Roy que tu fais aujourd'huy
Le Ministre de ta Justice :
Il est dés le berceau triomphant & vainqueur,
Dans ses derniers besoins sois luy toujours propice,
Et previens les perils où l'expose son Cœur.

Quand son heroïque transport
Le livre aux caprices du sort,
Daigne le couvrir de tes aisles :
C'est pour ton interest qu'il combat desormais,
Et s'il veut remporter des Victoires nouvelles
C'est pour en faire naistre une solide Paix.

Tous nos vœux vont eſtre exaucez:
Mons a veu ſes murs renverſez,
Tout tremble aprés cette Conqueſte :
Naſſau leur vaine Idole accouru de ſi loin,
A voulu ſeulement pour embellir la Feſte
Avec toute une Armée en eſtre le témoin,

Ny ſes fuites, ny ſes combats,
Seigneur, ne le ſauveront pas
Du coup qui va punir ſon crime :
Il verra toſt ou tard avorter ſes complots,
Et qu'il n'eſt couronné que comme une Victime,
Que l'on doit immoler pour le commun repos.

De Ceux qu'il traîne à ſon parti
Desja le zele eſt rallenti
Par le faix d'une injuſte guerre :
Ils ſentent qu'ils ne ſont que d'impuiſſans efforts,
Et gemiſſent trop tard ſous les coups du Tonnerre
Qui deſtruit leurs Citez & deſole leurs Ports.

D'un Complot qui fait tant de bruit
Ils n'ont recuëilli pour tout fruit
Que le repentir & la honte :
Ils ont crû partager l'Empire de nos Lis,
Ils pleurent, accablés du pouvoir qui les domte,
Leurs Vaisseaux foudroyés, & leurs Forts démolis.

Seigneur, pour arrester le cours
Des maux qui tourmentent nos jours
Deßille les yeux de ces Princes :
Qui sur un faux espoir d'affoiblir nostre Roy,
Se rendent au dépens du sang de leurs Provinces
Les fauteurs d'un Tyran si rebelle à ta loy.

Regarde un Prince déthroné
Sans cesse à tes pieds prosterné
Qui t'en demande la vangeance :
LOUIS *dans l'Univers est le seul Potentat*
Qui touché de son sort embrasse sa deffense,
Et qui veüille en changer le déplorable Estat.

Mais pour un si grand changement
Il travailleroit vainement
Sans le secours que tu luy donnes :
D'un si juste deßein rends le succez heureux :
Arbitre souverain du destin des Couronnes
Il ne veut triompher qu'autant que tu le veux.

Aprés tant de rares bienfaits
Il ne se lassera jamais
De chanter tes saintes loüanges :
D'un agreable encens tes Autels fumeront ,
Et de nos doux concerts meslés à ceux des Anges
Nos Temples , jusqu'au Ciel par tout retentiront.

LE CLERC de l'Academie Françoise.

EPISTRE DE MADAME DES HOULIERRES A MONSEIGNEUR LE DUC DE BOURGOGNE.

TOY chez qui la raison devance les années.
Toy qui fais déja voir ces guerrieres ardeurs
Dont ont brûlé tous les grands cœurs.
Prince, à qui je promis de belles destinées,
Quand l'esprit agité des divines fureurs,
Je couvris ton Berceau de fleurs.
Souffre qu'à ta gloire sensible
J'entre dans les raisons qui doivent t'irriter.
Pour un Heros naissant quel chagrin plus terrible,
Que lors qu'il voit executer,
Ce qu'on sçait qu'il est impossible
A tous les Heros d'imiter!

Pour flater ta douleur je sçay qu'on pourra dire,
Que les evenemens divers
Qui font le destin d'un Empire,
Circulent avec l'Univers.
Qu'en son sein la nature enfin ne tient encloses
Qu'un nombre limité de choses,
Que nous voyons passer & revenir toujours.
Et qu'ainsi ta valeur unie à ta prudence,
Pourra bien donner à la France
Des jours aussi beaux que nos jours.

Mais pourquoy t'abuser? quand les Guerres futures
Rameneroient pour toy ces grandes avantures
Qui de l'oubly sauvent les noms.
On ne reverra plus ensemble
Les circonstances que rassemble,
En faveur de LOUIS, la Conqueste de Mons.
Cherche à suivre pourtant l'exemple qu'il te donne.
Si l'immortel Laurier dont son front se couronne
N'est reservé que pour luy seul.
Tu dois te consoler dans l'agreable attente

D'une gloire assez éclatante,
Tu peux, sans être égal à ton auguste Ayeul,
Passer tous les Heros que l'Antiquité vante.

Tu t'offences, Prince charmant;
Mais écoute un peu moins ta fierté naturelle;
Et pour voir sur ce rare & grand évenement
Si je parle plus juste qu'elle,
Quitte les Jeux, les Ris, où ton âge t'appelle,
Entre avec moy pour un moment
Dans tout ce que renferme une action si belle.
Voy cet amas prodigieux
De Bombes, de Canons, images de la Foudre
Qui jadis reduisit en poudre
Les Titans trop ambitieux.
Dans le même temps considere
Ce Camp où l'abondance accompagne les pas
D'un monde de vaillants Soldats;
Peu semblable à ces Camps qu'une affreuse misere
Dépeuple autant que les Combats.

Avec tant de secret, d'Activité, d'Adresse,
Un si grand dessein s'est conduit,
Que la Nimphe qui vole & qui parle sans cesse,
N'en a pû repandre le bruit.
Utile & glorieux ouvrage
De ce Ministre habile, infatigable & sage,
Que le plus grand des Rois de sa main a formé.
Que ny difficulté, ny travail ne rebute,
Et qui, soit qu'il conseille, ou soit qu'il execute,
De l'esprit de LOUIS *est toûjours animé.*

Sur ces préludes de Victoire
C'est assez arrêter tes yeux,
Regarde naître en d'autres lieux
D'autres occasions de gloire.
Voy l'orgueilleux Nassau, ce fameux Criminel,
A la Paix obstacle éternel,
Quitter ces sables blancs que la Mer envelope.
Voy cet Usurpateur à travers les hazards
Toucher à d'autres bords, & de toute l'Europe
Attirer sur luy les regards.

Dans ces vaſtes Marais où jadis ſes Anceſtres
Ouvrirent la porte aux Erreurs,
Quand d'un Peuple infidelle armé contre ſes Maîtres
Ils animerent les fureurs.
Il ſe voit une Cour nombreuſe, magnifique,
De Guerriers & de Souverains,
Victimes de ſa politique.
Il voit ces fiers Republicains
Mettre leur ſort entre ſes mains,
Souffrir qu'il leur impoſe un Joug peſant & rude,
Et d'un peuple ennemy de toute ſervitude
N'eſtre plus aujourd'huy que les Fantômes vains.

Tandis qu'à longs traits il s'enyvre
De l'encens qu'il reçoit, des honneurs qu'on luy rend,
LOUIS, *que la Victoire eſt engagée à ſuivre,*
Marche, attaque Mons, & le prend.
Il ſemble que Naſſau, de diverſes Provinces
N'ait pris ſoin d'aſſembler ce grand nombre de Princes
Q'il avoit flattez, éblouïs,
Par l'agreable eſpoir d'une vangeance prompte;

Que pour voir de plus prés sa honte.
Et le Triomphe de LOUIS.

Qu'il est beau ce triomphe! & quelle vigilance,
Quelle Valeur, quelle puißance,
D'un coup d'œil fait-il découvrir !
Mais combien coûte-t-il d'alarmes !
Helas! est-ce aux Rois à s'offrir
Au capricieux sort des armes?
Et quand LOUIS *trouvoit des charmes*
Aux dangers où sans cesse on le voyoit courir,
Songeoit-il qu'on payoit par des torrens de larmes
La gloire qu'en Soldat il venoit d'acquerir?

Songeoit-il que déja ce dangereux exemple,
A seduit le Heros à qui tu dois le jour?
Par quels perils à Philisbourg
Grava-t-il son nom dans le Temple
Où la Gloire fait son sejour!
Mais à quoy sert-il de s'en plaindre?
Toy-mesme pour te faire un nom außi fameux,

Quelque jour pour toy feras craindre
Ce qu'on craint aujourd'huy pour eux.

La valeur chez les Rois devroit toûjours se taire.
Former de glorieux projets
Est ce qu'ils doivent sçavoir faire.
L'honneur d'executer appartient aux Sujets.
Ce n'est point une loy trop dure
De s'offrir pour son Prince aux plus terribles coups.
Non, dans quelque interest que mette la nature,
D'un sort si brillant & si doux.
Jamais un grand cœur ne murmure.
Helas ! qui peut le sçavoir mieux ?
Le sang d'un Fils, l'objet de toute ma tendresse,
Et qu'à ce Roy vangeur des querelles des Cieux,
Mon zele a consacré dés sa tendre jeunesse,
Ne vient-il pas pour luy de couler à ses yeux ?

Jeune Prince, l'espoir de ce puissant Empire.
De Nice asservie à nos loix
Et de tant d'autres grands Exploits

Que j'aurois de choses à dire !
Mais la voix me manque, & mes doigts
Ne sçauroient plus tirer aucuns sons de la Lyre,
Qu'Apollon favorable au zele qui m'inspire,
Pour celebrer LOUIS, *me presta tant de fois.*

DISCOURS PRONONCÉ

PAR M. CHARPENTIER

Doyen de l'Academie Françoise le 17. Decembre 1691. lors que M. PAVILLON fut receu en cette Compagnie.

PRES la dangereuse maladie dont je fus frappé l'Eté dernier, je ne croyois pas MONSIEUR me trouver aujourd'huy en estat de vous introduire dans l'Academie Françoise, à la place vacante par le decés de Monsieur de Benserade. La Compagnie a perdu en luy un de ses ornemens. C'estoit un esprit original, & qui ne devoit qu'à luy seul toute sa reputation. Sans rien emprunter des Anciens, ny mesme les avoir trop bien connus, il les a égalez, & si l'on apperçoit dans ses Ecrits quelques unes de leurs pensées ; c'est un effet du hazard plûtost que de l'imitation. Il a montré qu'il se pouvoit faire encore quelque chose de nouveau sous le Soleil,

& ce caractere de nouveauté luy a esté si naturel, que si-tost qu'il l'a voulu abandonner, il n'a plus esté le mesme, & le commerce qu'il avoit avec les Graces, demeuroit interrompu quand il travailloit sur d'autres idées que les siennes. Cette perte, Monsieur, est reparée par l'union que vous prenez avec l'Academie. L'estime que vous vous estes acquise fait remarquer en vous des talens qui ne sont pas moins précieux que ceux de cet illustre mort, quoy qu'ils soient assez differens. Vous avez joint à la vivacité de l'esprit, & au brillant de l'invention, la varieté d'une profonde Litterature; & la comparaison qu'on peut faire entre vous-deux justifie ce que Ciceron a pensé de l'Eloquence, quand il a dit que deux Orateurs pouvoient estre parfaits sans se ressembler. La Charge d'Avocat General au Parlement de Mets, que vous avez exercée avec un applaudissement universel; Les excellentes Pieces de Vers & de Prose qui vous sont depuis échapées dans le repos de vostre Cabinet, ont mis hors de doute, qu'il n'y a pas de genre d'écrire où vous ne réussissiez parfaitement. Comme c'est à ce merite que l'Academie est uniquement attentive dans ses Elections, je ne m'arresteray point, Monsieur, à considerer en vous l'étroite affinité que vous avez avec un Ministre, dont l'intelligence & l'integrité connuës, font que le Roy se repose sur luy de ses plus importantes affaires, & particulierement de la conduite de ses Finances, qui sont les nerfs de la guerre, où pour mieux dire, les principaux ressorts de la machine politique. Il ne faut point chercher hors de vous-mesme les choses qui vous rendent estimable. Cependant, Monsieur, je ne puis m'empêcher de reflechir sur la memoire d'un saint Evêque, avec qui vous avez esté si étroitement uny par les liens du sang. L'éclat de sa pieté, & de ses autres vertus, rejallira éternellement sur vous, & tout le Clergé de France, qui le regarde comme une de ses plus vives lumieres; le Diocese d'Alet, qui a esté l'heritage que le Seigneur luy avoit donné à cultiver; en un mot, le Royaume entier qui a si souvent profité de ses instructions & de ses exemples, auront toujours une singuliere veneration pour luy, & une estime tres sincere pour tout ce qui porte son nom. Vous sçavez, Monsieur, que le Cardinal de Richelieu, qui l'avoit engendré en l'Episcopat, a aussi jetté les premiers fondemens de l'Academie, & à moins que les choses d'icy-bas ne soient tout à-fait indifferentes à ces Ames bien-heureuses qui sont en possession de la Gloire, il semble que le Grand Armand ne peut s'empêcher de se rejoüir, en voyant entrer dans cette Compagnie, qui a esté son Ouvrage chery, le neveu d'un Homme qu'il avoit élevé à la premiere dignité de l'Eglise, & qui a fait tant d'honneur à son choix. N'oserois-je dire, Messieurs, que ce grand Cardinal s'applaudit jusque dans le Ciel, d'une si noble & si utile institution que la vostre, quand il se represente les avantages que toute la France en retire, soit pour la prédication de l'Evangile, soit pour la défense de la justice & des Loix? Quel spectacle pour luy de vous voir occuper une partie de ce Palais auguste, & qu'il vous soit permis desormais de philosopher sous le Dais & dans la Pourpre? Mais avec quel étonnement remarque-t-il que le Fils & l'Heritier de son cher Maistre, & de son magnifique Bienfacteur, a bien voulu prendre aprés luy la qualité de Protecteur de l'Academie Frangoise, & se declarer par un effet de l'amour des Lettres, le Successeur d'un de ses Sujets? N'est-ce pas par un effet de ce mesme amour qui ne s'éteindra jamais dans son cœur, que s'interessant à l'honneur de vos Elections, dont il vous laisse la liberté toute entiere, il vous exhorte de jetter toujours les yeux sur les personnes d'un merite le plus distingué, sans vous abandonner ny au torrent des brigues, ny au panchant de vos propres inclinations; Et ne s'en est-il pas expliqué de la sorte, lors que le Scrutin de cette derniere Election luy fut presenté? C'est ainsi que l'Autorité suprême, qui décide de tout absolument, & qui ne parle que pour estre obeïe, veut bien vous declarer ses volontez, plûtost par maniere de conseils qu'en termes de commandement, ce qui marque pour vous de certains égards qui vont, s'il faut ainsi dire, jusqu'à la delicatesse. Trouvera-t-on rien de pareil dans cette longue suite de Monarques, qui depuis plus de douze cens ans se sont assis sur le Trône des François? Il faut l'avoüer, Messieurs, nos Ancestres ont eu peu de goust pour les exercices de l'esprit. Nos premiers Rois les ont totalement negligez. Les uns ont retenu long-temps je ne ſçay quelle teinture de barbarie, qui n'a que trop paru par les cruautez qu'ils ont exercées ſur leur propre Sang. D'autres, au contraire, ſe ſont plongez dans une moleſſe qui à la fin leur a eſté fatale, & leur a fait perdre une Couronne dont leur Faiheantiſe les rendoit indignes. La premiere alliance des Armes & des Lettres a paru parmy nous ſous le regne d'un grand Roy & grand Empereur, dont les glorieuſes inclinations auroient eu ſans doute tout le ſuccés qu'on en devoit attendre, ſi les guerres qui s'éleverent entre ſes propres Enfans, n'euſſent empéché ces heureuſes ſemences de germer. D'ailleurs la matiere meſme de l'Eloquence n'eſtoit pas encore bien diſpoſée à produire de grands effets. La Langue des François, à qui je n'aurois pas oſé pour lors donner le nom de Langue Françoiſe, n'eſtoit composée que d'un bon Allemand & d'un méchant Latin ; & que pouvoit il ſortir d'excellent de ce mélange ? Il eſtoit reſervé à LOUIS LE GRAND, de baſtir le Temple de l'Eloquence Françoiſe, qui eſt un Ouvrage d'autant plus admirable, que c'eſt un pur Ouvrage de la Raiſon. Ce lieu-cy, Monſieur, ne retentit que des loüanges de ce Prince, qui est l'Autheur de tant de merveilles, & en qui nous trouvons toutes les causes de nostre bonheur. Tantost on y celebre son nom sous le titre de Vainqueur perpetuel; Tantost sous celuy de Legislateur. D'autrefois nous le regardons comme le Defenseur de la Religion, le Vengeur des Rois, l'unique Recours de l'Innocence persecutée, l'infaillible Support du Merite infortuné. Penetrez de ses Vertus nous en parlons incessamment, & nous n'en parlons qu'avec transport. Vous le verrez, Monsieur, toutes les fois que vous vous rendrez icy. Vous ne nous prendrez point au dépourveu. L'experience vous fera connoistre que LOUIS LE GRAND est le principal objet de nos entretiens, & que tout ce qui ne nous parle point de luy, nous semble indigne de nous occuper.

www.ingramcontent.com/pod-product-compliance
Ingram Content Group UK Ltd.
Pitfield, Milton Keynes, MK11 3LW, UK
UKHW020347220726
13923UKWH00004B/1575

9 782019 314033